25 mai 1893

Succession de M. J. 

MOBILIER

Tapisseries anciennes

Sculptures, Bronzes, Tableaux

Livres

Bijoux et Argenterie

COMMISSAIRE-PRISEUR

Me BÉGUIN, Rue Laferrière, 4

EXPERTS

M. B. LASQUIN | M. Albert LINZELER
Rue Laffitte, 12 | Rue de la Victoire, 56

MAI - 1893

IMPRIMERIE MAULDE et RENOU

———

A. MAULDE & Cⁱᵉ

IMPRIMEURS DE LA COMPAGNIE DES COMMISSAIRES-PRISEURS

Rue de Rivoli, 144. — Paris

Succession de M. J. de R.

CATALOGUE

D'UN

RICHE MOBILIER

DE DIFFÉRENTS STYLES

Salons, Boudoir, Salle à manger, Chambres à coucher
Cabinet de travail, Antichambre

PIANO A QUEUE DE CHEZ ÉRARD

Sculptures en Marbre. — Bronzes

PORCELAINES, OBJETS D'ÉTAGÈRE

TABLEAUX ET AQUARELLES

Œuvre importante de Jan Van BEERS

Et autres par Anastasi, J. Blanc, Courbet. Hébert, Henner, M. Leloir
Renouf, Ribot, etc.

TAPISSERIES ANCIENNES

DES XVIᵉ ET XVIIᵉ SIÈCLES

BIJOUX, BRILLANTS, PERLES

Argenterie. Dentelles. Guipures

TAPIS DE SMYRNE, TENTURES

LIVRES

Le tout dépendant de la Succession de **M. J. de R.**

ET DONT LA VENTE AURA LIEU

Par suite de décès et en vertu d'ordonnance

HOTEL DROUOT, SALLES Nᵒˢ 5 ET 6

Les Jeudi 25, Vendredi 26, Samedi 27, Lundi 29
et Mardi 30 Mai 1893, à 2 heures

Par le ministère de **Mᵉ BÉGUIN**, Commissaire-Priseur,
Rue Laferrière. 4

ASSISTÉ

Pour les Tableaux et Objets d'art | Pour les Bijoux

De **M. B. LASQUIN**, Expert | De **M. Albert LINZELER**, Expert
Rue Laffite, 12 | Rue de la Victoire, 56

CHEZ LESQUELS SE TROUVE LE PRÉSENT CATALOGUE

EXPOSITIONS

PARTICULIÈRE | PUBLIQUE
Le Mardi 23 Mai 1893 | Le Mercredi 24 Mai 1893

De 1 heure 1,2 à 5 heures 1,2

N. B. — LE PRÉSENT CATALOGUE SERVIRA D'ENTRÉE A L'EXPOSITION PARTICULIÈRE

CONDITIONS DE LA VENTE

—

Elle sera faite au comptant.

Les Acquéreurs paieront CINQ POUR CENT en sus des enchères, applicables aux frais de vente.

L'Exposition mettant le Public à même de se rendre compte de l'état des Objets avant la vente, il ne sera admis aucune réclamation l'adjudication prononcée.

❧❧❧

A. MAULDE et Cie, imprimeurs de la Compagnie des Commissaires-Priseurs,
rue de Rivoli, 144.   1000—33204

Désignation

—cɔɔ—

DIAMANTS ET BIJOUX

—

1 — Collier en brillants et perles orné de pampilles.

2 — Broche carrée ornée de trois grosses perles et pavée de brillants.

3 — Boutons d'oreilles avec pendants, perles et brillants.

4 — Broche joaillerie brillants, rubis et perles, avec pampilles.

5 — Neuf Broches forme étoile, ornées de perles, brillants, rubis et roses.

6 — Deux Broches feuillages, brillants et rubis, avec pampilles.

7 — Collier en brillants joaillerie, argent et or.

8 — Peigne en écaille orné de trois gros brillants.

9 — Deux Peignes à bandeaux, bandes brillants sur écaille.

10 — Grand Peigne écaille Louis XV, résille, brillants et roses.

11 — Bracelet orné d'une perle blanche et d'une perle noire, avec brillants.

12 — Lot sur papier, composé de quatre Perles pesant 76 grains et de deux Roses pesant 2 carats.

13 — Broche, forme pendeloque, ornée de saphirs et brillants.

14 — Broche point d'interrogation en brillants.

15 — Broche plus petite, brillants et rubis.

16 — Broche cercle, brillants et roses.

17 — Broche tête de caniche, sertie de roses.

18 — Broche forme cœur, sertie de roses.

19 — Broche feuille de fougère, sertie de roses.

20 — Broche palme sertie de roses.

21 — Broche barrette or mat et roses.

22 — Broche perle et or émaux de couleur.

23 — Broche bête à bon Dieu or, émail et roses.

24 — Broche mouche, roses, perles et émeraudes.

25 — Broche épingle avec couronne en roses.

26 — Bracelet, or repercé, serti de roses.

27 — Bracelet gourmette or, applique œil de tigre entouré de roses.

28 — Bracelet gravé or, demi-perles, brillants et roses.

29 — Épingle de cravate fer à cheval brillants.

30 — Épingle de cravate or, chiffre, sertie de roses.

31 — Épingle de cravate médaille or.

32 — Bague jonc, cinq rubis et roses.

33 — Bague forme marquise, pavée demi-perles et roses.

34 — Bague anneau montée d'un brillant.

35 — Bague jonc, or, cinq turquoises.

36 — Bague montée d'une turquoise entourée de roses.

37 — Bague corail entourée de roses.

38 — Collier orné d'émaux peints, monture or, brillants et roses, avec chaînettes.

39 — Bracelet, figure peinte sur émail, monture or et argent, brillants et roses.

40 — Collier, même modèle.

41 — Deux Bracelets or et émaux ornés de pierres de couleur, montés sur satin.

42 — Collier or mat orné de cinq médaillons mosaïques formant pendants.

43 — Collier chaîne or, neuf plaques or, perles et turquoises, avec pampille.

44 — Collier chaîne or, appliques turquoises avec trois pampilles.

45 — Tabatière or, ancienne, ornée de strass, avec portrait miniature.

46 — Parure composée de Broche, Bracelet et Boutons d'oreilles, émail sur argent.

47 — Deux Bourses cotte de mailles, l'une or mat, et l'autre or rouge.

48 — Boutons d'oreilles, peinture sur émail et roses.

49 — Bracelet-Serpent tissu or mat.

50 — Bracelet, sept corps or mat et demi perles.

51 — Quatre Épingles filigrane or et perles et turquoises.

52 — Parure corail rose, sujets sculptés, monture or, composée de Broche, Bracelet et Collier.

53 — Pendants d'oreilles anciens, or et émeraudes.

54 — Boucle de ceinture saphirs, monture or.

55 — Médaillon or forme cœur, armoiries émaillées.

56 — Carnet de bal en or, orné de rubis et roses.

57 — Étui ancien en nacre, monture or.

58 — Bracelet plaques, ivoire sculpté, monture or.

59 — Quatre Montres anciennes en or émaillé, de formes différentes, ornées de demi-perles et de jargons.

60 — Montre d'homme or, ancre à remontoir, avec chiffre gravé.

61 — Montre ancienne avec double boîtier argent repoussé.

62 — Flacon à odeurs, garniture argent ciselé.

3 — Collier avec fermoir, peinture sur émail, sept rangs de chaîne, monture or filigrané.

64 — Sous ce numéro sont compris les objets d'or non catalogués, tels que : Broches, Bracelets, Médaillons, Bagues, Boucles d'oreilles, Épingles, Cachet, Tours de cou, etc.

65 — Sous ce numéro sont compris les objets en argent, argent doré et imitation, tels que : Ceintures, Boucles de ceinture, Bracelets, Broches, Boutons d'oreilles, Épingles, Flacons, Étuis, Porte-Plume, Colliers plusieurs rangs de boules d'ambre, lapis, écaille et pierres diverses.

ARGENTERIE ET PLAQUÉ

66 — Grand Service à thé et café argent, composé de cinq pièces.

67 — Service à thé et café argent, style Louis XV, composé de quatre pièces.

68 — Deux grandes Cafetières argent et vermeil, style arabe, chacune avec son double plateau.

69 — Grande Coupe en argent, à côtes.

70 — Carafe en cristal, garniture argent, feuilles de vigne.

71 — Deux Tasses à café argent, style Louis XV, avec Soucoupes et Cuillers.

72 — Deux Corbeilles à pain en argent.

73 — Moulin à poivre argent uni.

74 — Beau Service d'argenterie, composé de :

> Trente Cuillers de table ;
>
> Soixante Fourchettes de table ;
>
> Trente-six Cuillers à dessert ;
>
> Vingt-quatre Fourchettes à dessert ;
>
> Douze Cuillers à café ;
>
> Dix-huit Couteaux à dessert en vermeil ;
>
> Dix-huit Couteaux à dessert, lame argent.
>
> Quarante-huit Couteaux de table, manche argent ;
>
> Une Cuiller à potage ;
>
> Deux Cuillers à ragoût ;
>
> Un Couvert à salade.

75 — Boîte de douze Couteaux à dessert, lame argent, avec ornements fantaisie.

76 — Grande Bouilloire avec pied en métal argenté.

77 — Grande Soupière en plaqué avec couvercle et plateau.

78 — Quatre pièces : deux Légumiers et deux Saucières en plaqué.

79 — Sous ce numéro sont compris tous les objets non catalogués en plaqué et argenture, tels que : Ménagère, Salières, Plateaux, Plats ovales et rond, Sucrier, Tasse, Porte-cure-dents, Caves à liqueurs, vingt-quatre Dessous d'assiettes et quarante-quatre Dessous de carafes.

TABLEAUX ET AQUARELLES

—

ANASTASI

81 — Paysage de Hollande ; coucher de soleil sur une rivière.

Toile : H. 0^m23 ; L. 0^m38.

VAN BEERS (Jan)

82 — Embarqués !

Œuvre importante ayant figuré au Salon de 1882.

Bois : H. 0^m70 ; L. 0^m90.

2.

VAN BEERS (Jan)

83 — Le Bord du Lac.

Bois : H. o^m22; L. o^m32.

VAN BEERS (Jan)

84 — La Ferme.

Bois : H. o^m18; L. o^m38.

BLANC (Joseph, 1874)

85 — Après une Exécution au Maroc.

Aquarelle.

H. o^m3o; L. o^m45.

COURBET (1886)

86 — Plage à marée basse.

Signé et daté 1886.

Toile : H. o^m58; L. o^m73.

COURBET

87 — Le Vieux Moulin.

Toile : H. o^m66; L. o^m83.

DELAROCHE (Paul)

88 — Mater Dolorosa.

Signé.

FERRIER

89 — Italienne près d'une fontaine.

HÉBERT

90 — La Baigneuse.

Toile ovale : H. 0ᵐ33; L. 0ᵐ24.

HENNER

91 — Jeune Femme, vue de dos, près d'une fontaine.

Signé à gauche.

Bois : H. 0ᵐ32; L 0ᵐ20.

JACQUE (Cʜ.)

92 — Un Poulailler.

Bois : H. 0ᵐ12; L. 0ᵐ10.

LELOIR (Mᴀᴜʀɪᴄᴇ, 1881)

93 — Liseur endormi.

Aquarelle.

H. 0ᵐ26; L. 0ᵐ37.

MACHARD

94 — Jeune Femme en buste, de profil, à droite.

MERSON (O.)

95 — Charmeuse d'oiseaux.

MOROT

96 — Idyle.

RENOUF (E.)

97 — Paysage de Bretagne.

Toile : H. 0^m53 ; L. 0^m79.

RIBOT (Th.)

98 — Portrait d'Homme.

En buste, le visage de face, avec longue barbe grisonnante.

SCHLŒSSER

99 — Paysan lisant une lettre.

WATTEAU (D'après)

100 — Les Plaisirs du Bal.

Le Jeu de Colin-Maillard.

Deux pendants.

ÉCOLE MODERNE

(Genre Diaz)

101 — La Mare.

ÉCOLE MODERNE

(Genre de Corot)

102 — Le Coup de Vent.

103-105 — Gravures : L'Angelus, par WALTER, d'après
MILLET. — Portrait de Léon COIGNET, d'après BON-
NAT. — Les Plaisirs du Bal, d'après WATTEAU, etc.

SCULPTURES, BRONZES D'ART

---

106 — Iris, Statue grandeur petite nature en marbre
blanc, par M. MOTELLE, Milan, 1872. Piédestal à
pivot, bois sculpté à guirlandes et peint en vert.

107 — Deux très grands Candélabres de style antique,
marbre blanc, sculpté par G.-B. TASSARA, Florence,
1878.

Ils sont composés de plusieurs motifs d'ornements superposés supportant une urne dorée; les
parties médianes représentent chacune une ronde
de cinq enfants, allégories de la Musique et de la
Danse.

Socles hexagones en marbre veiné gris.

108 — Grand Vase en onyx garni d'un tore, d'un culot

et d'une ceinture de feuillages en bronze doré ainsi
que de deux anneaux fixés à la partie supérieure.

Il repose sur un socle carré en marbre du Lan-
guedoc et un piédestal carré en marbre vert de mer
à moulures.

109 — Petite Statuette de liseuse assise, en marbre
blanc sculpté par Mathieu Meusnier, socle ovale en
marbre griotte avec tore de lauriers.

110 — Important Haut-Relief, cintré du haut, en ivoire
sculpté représentant l'Apothéose de Corneille et de
Racine devant le Parnasse présidé par Apollon, entouré des muses et d'amours. Cadre en bois noir
plaqué d'écaille avec écussons et fronton ornés de
motifs d'ivoire sculpté.

111 — Statuette de Figaro, bronze de A. Doublemard,
1874.

112 — Grand Vase du trésor d'Hildesmein, fac-simile
galvanique argenté de Christofle. Socle en marbre
griotte.

113 — Groupe des trois Vertus, d'après Germain Pilon,
bronze.

114 — Statuette de Jean-Bart, bronze.

115 — Groupe en bronze argenté, Hébé emportée par
l'aigle. Socle en onyx.

116 — Deux Coupes formant garniture avec le groupe
qui précède.

117 — Deux Vases forme Médicis, avec bas-reliefs :
Jeux d'Enfants, en bronze argenté et doré sur socles
en marbre griotte.

BRONZES DU JAPON

ÉMAUX CLOISONNÉS

—

118 — Deux grands et beaux Vases brûle-parfums en bronze du Japon à décor en relief simulant des flammes contournées par des dragons dont les têtes se dressent au-dessus des couvercles, un autre dragon enroulé et menaçant forme le support de chacun de ces vases.

119 — Deux Brûle-Parfums en bronze japonais, formés chacun d'un éléphant debout portant une pagode en bronze ajouré.

120 — Vase balustre surbaissé à large ouverture en ancien bronze du Japon, garni de deux anses chimères, décoré de lambrequins, gravés et entourés d'une cordelière en relief.

120 *bis* — Vase en forme de seau cylindrique, en bronze japonais à figures et oiseaux en relief dans un paysage.

121 — Brûle-Parfums de style japonais en bronze doré. Le couvercle surmonté d'un poussah assis sur un cerf.

122 — Deux grands Vases, balustres à six lobes, en émail cloisonné de la Chine, le corps du vase à fond turquoise à arbustes en fleurs et oiseaux, le col et la base à fleurs sur fond rouge brique.

123 — Deux Supports trépieds en bois noir sculpté.

BRONZES D'AMEUBLEMENT

—

124 — Pendule monumentale en bronze ciselé et doré,
de forme quadrangulaire, ornée aux angles de
volutes reposant sur des griffes de lion et supportant
des figures de femmes debout, celles-ci soutiennent
des rinceaux se reliant à une corbeille de fleurs
formant le couronnement; des guirlandes avec mascarons et figures d'enfants complètent cette riche
ornementation. Le cadran offre des jeux d'enfants
en bas-relief. Socle en marbre blanc.

125 — Deux Chenets en bronze doré et argenté, formés
chacun d'une figure de guerrier antique assis, reliés
par une galerie à chaine.

126 — Belle Suspension de salle à manger en bronze
patiné et doré en partie, exécutée dans le style pom-
péien, avec lampe en forme de vase et six branches
à têtes de lions supportant chacune six lumières
reliées par des chaînettes à glands en onyx.
Cette pièce provient de la maison pompéienne
que le prince Napoléon avait fait construire avenue
Montaigne.

127 — Galerie de Foyer de même style en bronze
patiné et doré en partie.

128 — Deux Lampadaires en composition, de même
style que la suspension, supportés par des trépieds
terminés par des griffons et garnis de chaînettes.

129 — Lustre de boudoir genre Louis XV, à tige
balustre en bronze bleui, supportant douze lumières
en bronze doré.

130 — Grand Candélabre formé d'un vase conique en
faïence blanche à fleurs en relief, monté sur un trépied à têtes de béliers et supportant sept branches
porte-lumières en bronze de style Louis XVI.

131 — Grand Lustre à quarante-deux lumières, de style
rocaille, orné de guirlandes de fleurs et de figures
d'enfants.

132-134 — Trois paires de Lampadaires de style néo-
grec, en bronze doré, la base à trépied et feuillages,
la tige balustre à griffons ailés, garnie de chainettes,
la lampe en forme de vase orné d'un bas-relief
(Disposés pour l'éclairage au gaz).

135 — Grand Lustre en bronze à branches formées de
ceps de vigne, garni de cristaux simulant des grappes
de raisins.

136 — Lustre à trente lumières en bronze doré à motifs
de feuillages et figures d'enfants.

137 — Lanterne de vestibule de style gothique en bronze,
de forme octogonale à ogives et clochetons, elle est
garnie de vitraux de couleur (Éclairage au gaz).

138 — Galerie de foyer terminée par des vases de style
néo-grec en bronze doré et argenté.

139 — Deux Candélabres style néo-grec à quatre lumières, en bronze doré et argenté, à trépied en onyx.

140 — Deux Vases cache-pot en albâtre avec montures
en bronze doré à trois pieds griffes de lion.

141 — Petite Pendule Empire en forme de temple à
quatre colonnettes supportant un mouvement visible,
en bronze ciselé et doré.

142 — Quatre petites Appliques à trois lumières, garnies de cristaux.

143 — Petite Coupe ovale en bronze doré sur socle en
malachite.

144 — Miroir de toilette à encadrement de bronze argenté représentant une soubrette Louis XV essuyant
une glace et courtisée par un galant debout près
d'une console.

Cette pièce est accompagnée de deux bougeoirs
de même style et le tout est sur un fond de peluche
rouge.

145 — Petit Lustre avec veilleuse de suspension en fer
forgé.

PORCELAINES

OBJETS D'ÉTAGÈRE

146 — Grande Coupe ronde élevée à piédouche de style
Renaissance, en porcelaine de Sèvres, fond gros
bleu, à riche décor de rinceaux et ornements en couleurs et or. Prix offert à l'occasion de l'Exposition
d'Électricité, 1881.

147 — Très grand Vase en porcelaine moderne de Saxe
de forme rocaille, décoré de fleurs en relief et surmonté d'un bouquet. Sur le côté une figure de Flore
est assise et un amour voltige présentant des fleurs.

148 — Petit Lustre à douze lumières en porcelaine moderne de Saxe, la tige ornée d'un groupe d'enfants
supporte quatre bras porte-lumières.

149 — Groupe en biscuit de Sèvres : Jeune Femme
drapée conduite par un amour. Socle en bronze
doré.

150 — Deux Vases formes Médicis en biscuit de Sèvres,
sur socles carrés en bronze doré ornés de couronnes
et d'une moulure à palmettes.

151 — Corbeille ronde en porcelaine à la Reine, décorée
au fond d'une couronne de laurier avec chiffres D. B.
et rehauts de dorure.

152 — Deux petits Vases style Louis XVI, en porcelaine gros bleu, décorés de sujets familiers et de
paysages, avec montures en bronze.

153 — Deux petits Vases en porcelaine genre Sèvres,
décorés de figures et de fleurs, montés en bronze.

154 — Deux Groupes en porcelaine genre Saxe : Villageois musiciens.

155 — Cinq pièces : Petite Commode et un Sucrier en
faïence, une Bonbonnière, une Corbeille et une petite
Coupe en porcelaine décorée.

156 — Petit Plateau, forme feuille, en vieux Saxe décoré
de fleurs.

157 — Deux Vases en porcelaine genre Sèvres, style Louis XVI, fond bleu turquoise, à médaillons de sujets pastoraux.

158 — Deux Coffrets en porcelaine décorée genre Saxe.

159 — Trois pièces : Grand Plat ovale et deux Plats ronds en porcelaine décorée à l'imitation des faïences italiennes.

160 — Plat en faïence décorée, intérieur de bois. Signé : BENASSAI, à Doccia.

161 — Deux Plats ronds en porcelaine moderne du Japon.

162 — Porcelaines diverses et Objets d'étagère, Corbeilles, Coupes.

163 — Vases en verrerie artistique.

MOBILIER

DE SALONS

SALLE A MANGER, CABINET DE TRAVAIL CHAMBRES A COUCHER, ETC.

164 — Ameublement en bois sculpté et doré, de style Louis XV, garni de lampas, à vases de fleurs et figures d'enfants en camaïeu sur fond rouge.

Il est composé de deux Canapés, quatre Fauteuils et quatre Chaises.

165 — Deux Tentures de fenêtres composées chacune de deux Rideaux et deux Lambrequins en satin rouge, avec galerie en bois sculpté et doré de style Louis XV, et d'un Store en satinette vieux rose à rayures ajourées.

166 — Garniture de baie composée de deux Rideaux et d'un Lambrequin de même étoffe que ceux des fenêtres.

167 — Deux grands Canapés garnis de satin crème appliqué de broderies de soie de couleur à cornes d'abondance et rinceaux de fleurs.

168 — **PIANO** à queue en palissandre, de chez ÉRARD, n° 55600.

169 — Tabouret de piano en palissandre, garni de velours rouge.

170 — Dessus de piano en brocatelle jaune avec bordure d'ancienne broderie en soie de couleur sur fond crème.

171 — Casier à musique formé d'une petite bibliothèque tournante, en bois de noyer à moulures de cuivre.

172 — Deux grands Vases balustres en porcelaine de Canton, décorés en émaux de couleur, de médaillons à sujets, de mandarins et de fleurs.

173 — Deux Supports genre Louis XVI, de forme ronde, à quatre pieds fuselés, terminés en volutes, en bois sculpté et doré, à rosaces, rubans, perles et feuillages.

174 — Belle Table italienne, de forme carrée, à ressauts, supportée par quatre pieds doubles carrés,

reliés par un entrejambe, en bois d'ébène richement incrusté d'ivoire gravé et de cuivre.

Le dessus représente neuf sujets à figures mythologiques, séparés aux angles par les portraits du Dante, de Raphaël, de Léonard et de Pétrarque.

175 — Tenture de fenêtre en drap marron soutaché d'ornements genre Renaissance, en jaune, avec store en satinette jaune à rayures.

176-178 — Trois grands Divans d'angles garnis de même étoffe que les rideaux qui précèdent.

179 — Chaise basse de même étoffe.

180 — Encadrement de glace en peluche cramoisie et étoffe bleue à dessin oriental.

181 — Deux Fauteuils confortables garnis de tapisserie Louis XIV, au point, à figures de femmes et animaux chimériques encadrés de fleurs.

182 — Grand Pouff rectangulaire avec dessus en tapisserie Louis XIV, au point, représentant l'Enlèvement d'Europe ; garniture de tapisserie de style et de peluche rouge.

183 — Petit Fauteuil carré garni de peluche rouge appliquée de broderies de soie et or à fleurs.

184 — Deux Tabourets garnis de velours frappé marron avec dessus en tapisserie. Style Renaissance.

185 — Deux autres Tabourets garnis de velours frappé.

186 — Quatre Chaises, en bois noir, garnies de tapisserie. Style Renaissance.

187 — Deux Tabourets garnis de peluche rouge.

188-196 — Quarante Coussins en velours, broderie et
tapisserie à sujets variés.

197 — Deux petites Tables garnies de peluche ornée de
broderie de soie.

198 — Écran en bois noir, de style Louis XIV, avec
feuille en tapisserie à sujets de guerriers antiques.

199 — Ameublement de style Louis XVI, en bois
sculpté et laqué en blanc et rose, garni de cretonne
à fleurs. Il est composé de : un Canapé, quatre Ber-
gères, quatre Fauteuils et quatre Chaises légères,
plus une Garniture de fenêtre de même étoffe.

200 — Table de même style, en bois sculpté et laqué, à
ceinture cannelée.

201 — Table de milieu, de style Louis XVI, en bois
d'amarante et érable marqueté, à trophée de
musique, branches de laurier et losanges, garnie
de bronzes dorés.

202-203 — Meuble d'entre-deux et deux Encoignures,
de même style et de même travail, à dessus de
marbre blanc.

204 — Table à jouer, de même style, à dessus marqueté
et ornée de bronzes.

205 — Guéridon à trépied en bronze doré de style
Louis XVI, à têtes et griffes d'aigles avec dessins en
marbre noir incrusté de malachite.

206 — Ameublement capitonné en satin bleu de ciel et
broderies orientales en soie sur fond de drap jaune,

composé de deux Canapés et six petits Fauteuils, à
dossier arrondi, garnis de franges et de passementerie.

207 — Grand Pouff rond en velours bleu avec dessus
en tapisserie à la main offrant quatre sujets pastoraux d'après des compositions de BOUCHER, dans des
encadrements de fleurs et d'ornements rocaille.

208 — Tenture de baie composée de deux Rideaux et
d'un Lambrequin en satin bleu avec broderies orientales, galons et passementerie.

209 — Belle Table de salon en bois sculpté et doré à
pieds fuselés reliés par un entrejambe en X, avec
dessus en mosaïque de Florence à vases, instruments
de musique et encadrement d'oiseaux soutenant des
guirlandes.

210 — Deux Consoles style Louis XV, en bois sculpté
et doré, à dessus de marbre blanc de forme con-
tournée.

211 — Petite Table genre Louis XVI, à côtés arrondis
et pieds fuselés reliés par un entrejambe, en mar-
queterie de bois de couleurs à trophée de musique et
rinceaux, garnie de bronzes dorés.

212 — Table de forme Louis XV, à contours en vernis
genre Martin, décorée d'attributs de musique, pastoraux et de l'amour, ainsi que de branches de fleurs
sur fond aventurine, et garnie de chutes en bronze
et d'un dessus de peluche rouge.

213 — Écran de style Louis XVI, en bois sculpté et
doré à feuillages, draperies, couronne, flambeaux et
carquois, la feuille décorée d'un médaillon entouré

de fleurs et représentant une colonnade avec pièce
d'eau.

214 — Ameublement de salle à manger en bois d'acajou
sculpté et à moulures, comprenant une Table carrée
à pieds balustres, deux Buffets crédences vitrés du
haut et dix-huit Chaises garnies de maroquin vert.

215 — Deux Tables à thé en laque et bois noir, genre
chinois.

216 — Lit de milieu genre Henri II, à baldaquin sup-
porté par deux colonnes torses, en noyer sculpté
avec chevet à fronton.

217 — Armoire genre Renaissance en noyer sculpté. Le
milieu à ressaut avec porte à glace accostée de deux
cariatides et deux autres portes à motifs Renaissance.

218 — Table de nuit de même style.

218 *bis* — Deux larges Fauteuils garnis de maroquin
rouge.

219 — Fauteuil confortable garni de moquette.

220 — Divan et deux Fauteuils coussins en moquette
orientale.

221 — Tabouret en peluche et broderie.

222 — Petite Chaise basse garnie de panne rouge.

223 — Deux Rideaux de fenêtre et deux Portières doubles en étoffe orientale.

224 — Meuble cabinet à deux corps en noyer marqueté
incrusté de figures d'ivoire gravé. Le bas ouvre à

trois portes, le haut garni d'une glace contient de nombreux tiroirs à l'intérieur. xviiie siècle. Travail hollandais.

225 — Ameublement de travail analogue, en noyer garni de velours rouge, composé de un Canapé, deux Fauteuils et six Chaises.

226 — Bureau à contours Louis XV, en bois sculpté et ajouré, le dessus incrusté d'un motif d'ornements et de coquilles en ivoire gravé.

227 — Deux Bibliothèques en bois noir sculpté, à fronton orné d'une guirlande et de deux vases.

228 — Deux Chiffonniers en bois noir sculpté à dessus de marbre.

229 — Bureau ministre en palissandre à filets de cuivre.

230 — Secrétaire du temps de l'Empire, en bois d'acajou, orné de montants à têtes de sphinx, de palmettes, de lyres et d'un buste appliqué au milieu d'une couronne en bronze ciselé et doré. Dessus de marbre blanc.

231 — Bibliothèque tournante en bois de noyer.

232 — Fauteuil de bureau en acajou.

233 — Chaise à porteurs de l'époque Louis XIV, décorée d'armoiries peintes. L'intérieur est disposé en vitrine et garni de brocatelle rouge.

234 — Table en mosaïque de marbres de couleur, à damier, avec pieds en bois noir à volutes.

235 — Petit Bureau et sa Chaise de style oriental et de forme originale en bois incrusté et garni d'un revêtement de cuivre.

236 — Table de même travail, avec tablette d'entrejambe.

237 — Tabouret en forme de gong japonais, en bois dur découpé et à dessus de marbre.

238 — Table formant vitrine, de style japonais, exécutée en bambou rehaussé de dorure, l'encadrement du dessus en incrustation de nacre.

239 — Six Sièges de fantaisie de formes variées, exécutés en bambou rehaussé de dorure.

240 — Table de style Henri II, en noyer, avec traverse à balustres.

241 — Petite Table avec étagère, garnie de peluche.

242 — Commode Louis XV, à trois rangs de tiroirs, en bois de placage ornés de bronzes.

243 — Deux Chaises d'angles en bois tourné et canne dorée.

244 — Deux Chaises genre japonais, en bambou et natte.

245 — Table de style japonais, exécutée en bambou avec dessus en laque.

246 — Table à thé de même travail, à deux plateaux en laque.

247-249 — Deux Fauteuils bascules et quatre Chaises de style japonais, en bambou.

250 — Fauteuil style Renaissance à X, en incrustation dite certosine.

251-253 — Trois Chevalets à tableaux, en bois noir.

254-256 — Deux Canapés et une Borne ronde en capitonnés en maroquin marron.

257 — Deux Tabourets carrés, à pieds gaînés, en acajou, garnis de maroquin.

258 — Deux Tables en acajou mouluré, à pieds gaînés reliés par des traverses sculptées.

259 — Tabouret X, en bois noir, genre Louis XVI, garni de cuir brodé, de travail turc.

260 — Petit Ecran, genre Louis XV, en bois doré, décoré au vernis genre Martin; d'un côté, un gentilhomme Louis XV; de l'autre, un paysage.

261 — Petite Vitrine, en forme de chaise à porteur, décorée de trophées et de fleurs.

TAPISSERIES ANCIENNES

ET BRODERIES

262 — Belle Tapisserie du xvie siècle, représentant le couronnement d'un jeune héros; agréable composition dans un paysage avec bosquets de verdure.

Au centre, cinq femmes et un pontife entourent un jeune personnage couronné de lauriers.

A gauche, au premier plan, trois autres femmes tressent des couronnes; plus loin, un festin sous une tonnelle et des danseurs villageois.

Jolie bordure à figures allégoriques, vases de fleurs, cartouches et inscription.

263 — Tapisserie de la fin du xvie siècle, sujet de cinq grandes figures tiré de l'Histoire d'Éliézer et de Rébecca.

Bordure à groupes de fruits, couronnes, mascarons et coquilles.

264 — Portière formée de deux rideaux en tapisserie de la fin du xvie siècle, offrant au premier plan des jeux d'animaux près d'une galerie à balustres et cariatides, sur fond de verdure.

265-266 — Deux Portières, composées chacune de deux Rideaux, en ancienne tapisserie d'Aubusson à sujets de verdure et oiseaux, avec bordures à fleurs, garnies de franges.

Deux autres Portières simples, également en ancienne tapisserie d'Aubusson.

267-270 — Suite de quatre Tapisseries flamandes à sujets de grandes figures tirés de l'Histoire d'un Héros antique et attribués à Van THULDEN.

Elles sont encadrées de bordures à mascarons, dauphins, groupes de fruits et coquilles.

L'une de ces tapisseries forme deux portières doublées de satin rouge.

271-272 — Deux Tapisseries d'Aubusson, du XVIIe siècle,
représentant : l'une le Départ de Judith. l'autre
Judith rapportant la tête d'Olopherne.

Importantes compositions à grandes figures encadrées de bordures à fleurs et fruits.

*Ces deux tapisseries ont été agrandies avec des
parties de toile peinte.*

273 — Tapisserie d'Aubusson, du XVIIe siècle, représentant un monarque à cheval, précédé d'un héraut
d'armes; bordure à enroulements de fleurs et feuillages avec fleurs de lis aux angles.

274 — Tapisserie d'Aubusson représentant une femme
près de l'autel de l'Amour. Bordure de fleurs.

275 — Deux petits Panneaux de velours vénitien représentant des vues d'un palais.

276 — Quatre jolis Panneaux, exécutés en broderie au
plumetis, représentant des compositions dans le
goût d'OUDRY :

1° Chien épagneul poursuivant un canard sau-
vage;

2° Combat de coqs;

3° Renard tenant un faisan;

4° Aigle dévorant un lièvre;

Plus une cinquième broderie plus petite représentant un coq chantant.

Ces panneaux sont encadrés de velours vert.

TAPIS

DE SMYRNE ET D'AUBUSSON

—

277 — Grand Tapis de Smyrne dessin rouge, bleu, vert et jaune sur fond blanc (du boudoir).

278 — Grand Tapis de Smyrne, fond vert, dessin bleu, jaune et rouge.

279-280 — Deux autres Tapis de Smyrne.

281 — Tapis de Smyrne en couleurs fond rouge.

282 — Tapis en moquette rouge du petit salon.

283 — Tapis d'Aubusson à fleurs et ornements sur fond blanc, entouré de moquette rouge.

284 — Grande Tenture de baie composée de deux Rideaux et d'un Lambrequin en velours vert soutaché de bouquets de fleurs en tapisserie d'Aubusson moderne.

285 — Rideaux et Portières en étoffes diverses.

LIVRES

—

286 — Ch. Cousin. Racontars d'un vieux collection-
neur, sur papier du Japon. — Le Salon carré du
Musée du Louvre. — Chantelauze. Mémoires de
Commynes. — De Wyzewa et X. Perreau. Les
grands Peintres. — Ed. About. Les Mariages de
Paris, 1 vol. — L'Imitation de Jésus-Christ. —
Ed. About. Tolla. Illustrations de F. Myrbach. —
Rayet. Monument de l'Art antique. — Chansons
choisies de Nadaud, 2 vol. — Armengaud. Rome,
1 vol. — J. Rigaud. Versailles et Châteaux royaux,
2 vol. — Eug. Muntz. Histoire de l'Art pendant la
Renaissance. — Palais de San Donato. — Catalogue
des objets d'art. — Collection Secrétan, 2 vol. —
Rœderer, Hulot, Baron Mourre, Barbedienne,
Chaplin, De Montgermont, Odiot, J. Dupré, Guil-
laumet, Van Marcke.

Béranger, Sainte-Beuve, Mᵐᵉ de Sévigné, Beau-
marchais, etc.